詩集

綴る恋

菊地道夫

詩集

綴る恋

〈目次〉

そんな世界に　…7

芒～秋冬の詩～　…8

冬のメロディー　…9

富士山～Re Stance～　…10

天体の如く　…11

愛ふたたび　…12

都会の一角　…13

数学の意味が、解明された　…14

心的な、あるいは最適な Message　…15

歩路宵(ほろよい)の歌　…16

四季の譜　…17

頑然として－22歳の決意－　…18

片恋　…19

生きる　～詩篇「我道」の行方～　…20

恋文　…21

綴る恋　…22

陽炎ひとつ　…23

輝々として　－河合隼雄氏に捧ぐ－　…24

ヒヤシンスの調べ　～Poetical　Decoration～　…25

20行のロンド　…26

暮色　…27

鶴－最果ての唄－　…28

宇宙的思考への序曲　－黎明－　…29

宇宙的思考　…30

躑躅の花の中へと　…31

事成り、また流転す　…32

我道　…33

形のかたち　…34

締＜しめ＞　…35

精神性に関しての考察　…37

再稿　主観と客観－その意味論－　…51

詩作の刹那　…63

あとがき　…71

詩集

綴る恋

片恋と思われし夢、有りて…

そんな世界に

逆巻き続けた　この心
整然と羅列されるだけの　言葉
これらの悲劇が　日常の
私の想いを　絶望に変えた
ぬるい形の　言葉を生んで
何がどうなると　言うのか
もっと心の　真実を
書いてゆくことが　必要ではないか
そう思って　また　そう思い続けた　結果
自ら詩を　書くようになった
煌びやかなる　詩の言葉
その宇宙こそが　私のこころ
そう思って　がむしゃらに　書いた
ところが　ある時　ふと思った
"私は何のために生きているのか"と
詩は　このこころから生まれきたる　詩は
そんな想いから　突如　変化した
私が　間違いなく私で　あるような
そんな詩が　創れるようになった
その感動と言ったら　どう表現するべきだろう…
まあ　兎にも角にも　私は
愛であり　美である　そんな詩を
いくらか　書けるようになった

…最前から繰り返される　世の悲劇
ニュースに流出される　訃報
ああ　人は
生命の根源的歴史を　構築せねばならないのか
そんな世界に　今　挑む

芒～秋冬の詩～

畦道　小麦色した　大地
この道　遙か彼方へ　続く
この大いなる　自然と共に　行く私
果てしもない　道
進むべき　道すじを描いて
歩むこと　それこそが　夢
段々畑に　日が沈み
薄紅の　空
夜が　事も無げに　訪れて
秋もそぞろに　いちめん　芒

坂道　白銀色の　大地
この道　荒んだ身を　許す
その確かなる　自然と共に　行く私
果てしもない　道
限りある　人生の理
抱くこと　それこそが　愛
段々畑に　日が揺れて
薄黄色の　空
朝が　事も無げに　訪れて
冬もそぞろに　いちめん　芒

段々畑に　日が昇り
黄金色の　空
今日が　事も無げに　訪れて
秋冬そぞろに　いちめん　芒
秋冬そぞろに　いちめん　芒

冬のメロディー

冬が　この街に　訪れた
人々は　恋を　抱いた
少なくとも　それなりに　夢
時には　涙
更には　別の誰かと　恋して
望むべくもない　愛
愛　愛　移ろい
ああ　雪

冬が　こころに　訪れた
人々は　愛を　捨てた
少なくとも　それなりに　夢
時には　涙
更には　別の何かで　紛らわし
望むべくもない　愛
愛　愛　移ろい
ああ　雪

更には　別の誰かと　恋して
望むべくもない　愛
愛　愛　移ろい
ああ　雪

富士山〜Re　Stance〜

富士　その偉大なる
まさに　心の拠り所なる

日に　月に　映えたる
日本の象徴

だからこそ　それだからこそ
私は決まって　富士を　見はるかす
あまりに強大なる　その存在に
恐れ慄きながら

ところが富士は　至って冷静に
私を丹念に　温める
その広大なる　懐で

確か　木花之開耶姫が
富士山の守り神だったっけ
暖かさが　僕を包んだ

それにしても　富士は
いつになっても　堕落しない
そんな偉大なる　存在だ
そんな偉大なる　存在を
私はまるで　今　拾われた子猫のように
いつまでも　いつの日までも
信じ続けるだろう

天体の如く

殊更に　生きていることに　感謝して
命の尊さ　重んじて
慕うべき　人　さらに遠く

殊更に　朽ちてゆくことに　悲観して
命の果敢なさ　日々　憂いて
並ぶべき　人　さらに近く

結局は　あの人　特に別なく
至って静かなる　湖畔の水面
総じて　あの人　すでに　影なく
海辺に転がる　珊瑚の如く

今や　もう　私のこころは
燦然と輝く　太陽の如く
いつの日か　いつまでも
光　発する　恒星の如く

ああ　命よ
時の流れに　澱み込む
地底のコアに　成らんことを　また
一個の　美学に　成らんことを

無為に　命の　尊さ　感じて
有為に　命の　果敢なさ　抱いて

天体の如くに　生き抜かんと
天体の如くに　生き抜かんと

愛ふたたび

愛　ふたたびと　こころ芽生えるような
愛する人からの　手紙　受けて
きっと誰もが　こころ煌めく
そんな　誇り　感じて
ああ　命とは
荘厳なる自然と対等に向かい合う　美からの
静かなる　時間　抱えている
不思議な夢の　空模様かと

愛　ふたたびと　こころ目覚めるような
愛する人からの　感謝　受けて
きっと誰もが　こころさざめく
そんな　迷い　感じて
ああ　命とは
荘重なる自然と対等に向かい合う　美からの
厳かなる　時間　抱えている
不思議な夢の　空模様かと

愛　ふたたびと　こころ満たすような
愛する人からの　言葉　受けて
きっと誰もが　こころ揺らめく
そんな　悟り　感じて
ああ　命とは
壮麗なる自然と対等に向かい合う　美からの
晴れやかなる　時間　抱えている
不思議な夢の　空模様かと

ああ　命とは
流麗なる自然と対等に向かい合う　美からの
穏やかなる　時間　抱えている
不思議な夢の　空模様かと

都会の一角

古里　遠き　居所にて
芳しき花　一輪
古本屋街の　一角
西陽　輝き　喫茶店の
珈琲の香りも　麗しく

こころ　満ちて
燦然と輝く　西陽
両手に持ちきれぬ　古本抱えて
駅のホームに　悲しく居座る
それだからとて　人々は
全く本当に　無関心
そんな都会の　一角

そんな都会の　一角で
仔犬　一匹
我と同じ　境遇だなと
心の片隅で　ひとり　可笑しむ

数学の意味が、解明された

数学的学知の意味が　解明された
即ち　数学とは　"数列と集合"の集合　ではないかと

$A^n = (a_1,\ a_2,\ a_3,\ \cdots,\ an)$
は数列
$A^n = \{a_1,\ a_2,\ a_3,\ \cdots,\ an\}$
は集合
したがって $A^n = (an)$ と $A^n = \{an\}$ から
$A^n = a^n(an)\{an\}$ が成り立ち　右辺を展開すると

$\quad a^n(an)a^n\{an\}$

であるから　$A^n = [an]$ が導出される

この式は　数列(…)と集合{…}から　その集合[…]が
導出された　そう読み取ることが出来るから
数学とは"数列と集合"の集合と
考えることが出来る　となる

而して　そんな理知的な要素を　明かしたとて
人生が　華々しく展開するのでは　あるまいし
規範とは　そんな疑問から生まれた　観念であった

とまれ　数学的学知の意味が　解明された
即ち　数学とは　"数列と集合"の集合　ではないかと

心的な、あるいは最適な Message

美的表象　それは　形作られた形象　あるいは Message
雲煙に煌く Tropical-rainbow　あるいは Japanese-painting
雪舟　応挙　あるいは Gogh
または　西脇順三郎が目指した　あるひとつの eidos
あるいは ethos
奇跡的な表象としての　Monet の存在　あるいは Manet
そして忘れてはいけないのが　印象派の清純派 Cassatt の存在
母の面持ち　あるいは未来永劫　女性の Monument
逆らいたくても　逆らい難き SURRĒALISME
あるいは　澁澤龍彦の胸像　または　種村季弘の肖像
一切合切の　Professional-adjust

然るに　私は　特に別なく　至って明解
以前の理屈は　遠くへと飛んで行く
逆巻き続けた　こころの痛みを
西脇順三郎は　あの世へと持って行った
さらに　よく考えてみると
定めし　人間とは
美という存在ではないかと　あらためて思いぬ
結局　人生とは
哲学ではないかと　咄嗟に思いぬ
知ってか　知らずにか　人とは
生きようとしているのだと　あらためて思いぬ

陽は照って　盛んに燃える
人は　瞬く間に　月へと　行った
それでいいのだと　言った

心的な　あるいは最適なる　私からの Message
如何でか　候わん

歩路宵(ほろよい)の歌

思い想いの　この道を
いかにして　歩いて行こう
人として
どんな色をも超越する　人間として

違(たが)い違(ちが)いの　この道を
いかにして　歩いて行こう
人として
どんな形をも成し得る　人間として

摩訶摩訶(まかまか)の　この道を
いかにして　歩いて行こう
人として
どんな線をも創造する　人間として

綺羅星の如くの　この道を
いかにして　歩いて行こう
人として
一体何が　これ以上必要なのかと　問いかけながら

でも　人は　歩くのだ
歩くように　なっているのだ
人は　歩けば歩くほど
歩ける　良さが　分かるのだ

四季の譜

ひとたび　春になると
すがすがしい　日曜日
花もきちんと　きれいに咲く
花びらひらひら　飛んでゆく
この春の美しき時　始まりて　空

ひとたび　夏になると
とてもつよい　日光の雨
緑に燃える　さまざまな木
せみもやかましく　鳴いている
この夏の美しき時　高鳴りて　雲

ひとたび　秋になると
鮮やかに燃える　山々
明るく暗く　強い山々
こおろぎぎりぎり　鳴き出した
この秋の美しき時　定まりて　宵

ひとたび　冬になると
ひっそり輝く　雪化粧
きらきらまたたく　雪化粧
虫も冬季は　ほぼ休日
この冬の美しき時　静まりて　暮

頑然として－22歳の決意－

頑然として生きる　ということをしたい
人は　生きているうちが　花なのだ
いいではないか　頑然と
進んでゆけば　良いではないか
何で人に　媚を売るのだ
なぜに年齢で　位置を決めるのだ
人は　生きてこそ　その存在を輝かせるであろう
何を　小さくなることがあろうか
頑然と　進もうではないか
頑然として　生きようではないか
些細なことに　気を取られずに
強く　大らかに　生きようではないか
もっと　もっとだ　もっと心を強く　だ
心の強さを　希求するのだ
人は　もっと　人として
生きてゆこうではないか
人は　もっと　頑然として
生きてゆこうでは　あるまいか

片恋

ひとときの片恋　尚　許されまじ
更には　亦　五月雨の恋
されど　我をして　才知なき身をも　勉学に耽させり

時は　秋　有終の
初恋無きや　鬼灯　一つ
ああ　是こそ　差置き枯れゆく　我身だと
言い捨てならぬ　言の葉　零さぬ

生きる　〜詩篇「我道」の行方〜

生きてゆく　ということは
さまざまなものを　愛し　信じ
自分の道を　創ること
思いや挑み　秘めながら
確かな轍　残すこと
さりとて　人は　振り返る
今　来た道を　振り返る
例えば　それが　喜びの道だとしても
あるいは　悲しみの道だとしても　良しとしよう
定めし　わが道　生きること
それこそが　人生ゆえに

生きてゆく　ということは
事の道理を　わきまえて
自分の道を　創ること
感謝の気持ち　秘めながら
確かな轍　残すこと
さりとて　人は　思い起こす
今　来た道を　思い起こす
例えば　それが　まっすぐな道だとしても
あるいは　曲がりくねった道だとしても　良しとしよう
定めし　わが道　生きること
それこそが　人生ゆえに

生きてゆこう　生きてゆこう
力の限りの　この想いで
景色　描こう　道　創ろう

生きてゆく　ということは
さまざまなものを　愛し　信じ
自分の道を　創ること

恋文

ひとひらの恋文　届きいて
我身を御せぬ　愚かしき
遮二無二なる　振舞い　箏曲の
着想もって　あえて御す

薪能の　寒さ至りて　冬
初の恋文　浮かれきて
琴の音揺らす　蝋燭の火
是こそまさに　定まりなり　と
しんと落つる　雪　我身　戒む

綴る恋

恋　それは　ひとかたの　夢
さんざめく　烏合の中で
唯一無二の　最果ての土地
富士にかかる　雪　赫く染まりて
我がこころの在りよう　そのもの
恋も亦　如何ともし難き　紅富士　そのもの
一から十まで　自然にと　綴る恋

うたかたの　愛　轟きて
それはまるで　交響楽のよう
しかし人間　十人十色なり　と
海の波音　導くよう
さながら　渦潮　原子のよう

恋　それは　うたかたの　夢
鳴り響く　雷雨の中で
無尽蔵の　恒星の光
富士にかかる　雲　紫に染まりて
我がこころの在りよう　そのもの
恋も亦　名状し難き　白富士　そのもの
一から十まで　自然にと　綴る恋

うたかたの　愛　閑まりて
それはまるで　鎮魂曲のよう
しかし人間　十把一絡げ　と
海の風音　導くよう
さながら　潮風　素粒子のよう

恋も亦　証明し難き　富士山　そのもの
一から十まで　自然にと　綴る恋

陽炎ひとつ

始まる　ということ　それは
終わる　ということの　延長線上にあって
終わり　あって　始まり　ありと
この頃　特に　そう思う
命の　欠片の　行くべき　道には
当然　終わりがある
しかし　その"終わり"は
別の命にとっての　何らかの"始まり"を示唆し
別の命の　始まり　となると　信じる
詰まり　終わり　あっての　始まり　なりと
そう　認識しつつある　この世界で
結局　私は　どう　生き抜くか　と
日々　思案している　この頃である　が
実のところ　考えていても　仕方がない　のであって
やはり　人生　行動なりと
進むべき時　そう思う

この命の　進むべき　道のりは
このようにして　決定されるのだ

命の　この命の　決定された方向性は
止めどなく　続く　世界の　汚染の
一体　どこに　行き着く　のだろう
そうであっても　明日　また　明日
人生の　荒野を　闊歩するのだ　と
心中に　**轟く**　陽炎ひとつ

逆らわず　惑わず
山中　越えて　ゆこう　と
今　純粋に　そう思う

輝々として　－河合隼雄氏に捧ぐ－

人間は　悲しいと　上を向く
人間は　淋しいと　下を向く
人間は　つらいと　首を横に振る
人間は　苦しいと　横になる

そんな人間も　死ぬと　横になる
生きていると　立って歩く
人間は　生きたいのである
人間は　生きて行かなければならないのである
生きているのだ　確かに

人間はしかし
最後には…

人間が生きているとは　どういうことだろう
おそらく命が　輝々としている　ことだろう
それは全く　美しいことで
命の専門家　たるもの
そういうものでなければならない　そういうような
みんなに愛され　親しまれ　逝った　無二の魂魄よ
無限の　箱庭で　休まれんことを
静やかに　静やかに　眠られんことを

24

ヒヤシンスの調べ ～Poetical　Decoration～

愛すべき花　ヒヤシンス
たわわに咲いた　紫の花
それは　移ろう　移ろう　想い
命の　不思議　思われし　夢

春の　囁き　不可思議に　舞い
昇る　朝日　旅模様

愛すべき花　ヒヤシンス
ささらと鳴った　紫の花
それは　はがゆい　はがゆい　想い
命の　戦ぎ　定まりし　夢

春の　囁き　不可思議に　舞い
落つる　夕日　旅模様

愛すべき花　ヒヤシンス
たわわに咲いた　紫の花
それは　恋する　恋する　想い
命の　揺らぎ　薄かりし　夢

春の　囁き　不可思議に　舞い
流れる　星々　旅模様

春の　囁き　不可思議に　舞い
流れる　星々　旅模様

20行のロンド

春の形　その
始まりの　姿の
優しき　美しさは
新緑の　木々の　すずかけ　のよう

夏の形　その
始まりの　姿の
賢き　美しさは
緑　見付けた　小鳥　のよう

秋の形　その
始まりの　姿の
嬉しき　美しさは
光と　色の　ダンス　のよう

冬の形　その
始まりの　姿の
強き　美しさは
凍てつく　土の　戦　のよう

四季の形　その
始まりの　姿の
とても　語り尽くせない　美しさは
その　語り尽くせない　煌めきは

暮色

寒い　冬が
こころまで　寒い
温める　こころ
どこまでも　遠のく

確かなる　山の　うたた寝
幽かなる　私の　こころもよう

言の葉の　不確かな　ゆくえ
どれだけ　追いかけても
逃げてく　足音よ

鶴－最果ての唄－

鶴　鶴　差し渡し　恋を
愛　愛　芽生えて　こころに
瞳の　奥の　真実の　こころには
詩の　夢の　かたちが
そこはかとなく　垣間見える
逆巻く　こころ　苛立つ　こころ
それらが　いつになく　消えていった

通り雨　過ぎて　晴れ間
私の　こころは　更に　湧き立つ
虚ろな　夢の　幽かな　光の
雄大な　景色　広大な　こころ
「大丈夫だよ」と　命の　ささやき
ことわり　至って　風を待つ

愛し合い　憎み合って　確かなる　気概　膨らみ
信じ合い　訝り合って　遙かなる　時　感じ
だからこそ　それだからこそ
「よくやったね」と　慈しむのだ

鶴　鶴　差し渡し　恋を
愛　愛　芽生えて　こころに

鶴　鶴　差し渡し　恋を
愛　愛　芽生えて　春待つ

宇宙的思考への序曲 　－黎明－

そして　今
宇宙の彼方へと浮遊することとなる　この精神は
茫洋とした　朝霧の如くに
全体性を　醸し出している
だからこそ　そうであるからこそ
これからも生きてゆくのだ

この喜びを　抱きつつ
燦然と　燦然と

宇宙的思考

うつせみの　凪の　夢
吹雪の　逆巻き
冬　また冬の　現の光源
それらは　皆　究竟のもとで　生じた
高鳴りの　竟宴
また　そのとき　宇宙への扉　開かれて

時の流れと　空の果て
その悠久の　空間　懐いて
いざ進まん　時空の只中へ
星々　瞬き　導くゆえに
探し求めよ　夢の天体を
紅蓮の星の　強かな存在
生命の　息吹の　漆黒の　闇を　探すということ
生まれ来たる　命
きら　きら　きら　と輝きて
ひとすじの　光　発することの
その喜び　その　慈しみ
生きる　姿　見つめている
そんな世界の　争い難き　宇宙的思考

そして　ついに
時間は止まり　空間は縮まり
星が　こころに　残存する
きらり　きらりと　残存する

躑躅の花の中へと

恋をしている　僕の　こころを
いかにして　表そう

うつせみの　宴
こころ　どこに在るかと　決して　問わず
待ちわびている　そんな　時間

ベランダの　小さき花も
そろそろ　散るようだ

僕の　この　僕の　住むべき場所は
きっと　躑躅の花の中へと
消えて行くだろう

事成り、また流転す

時は　満ちた！
風は　去った！

これはきっと　長旅の　行方を知ってしまった
小道に咲く　野花からの
威厳に満ちた　通告だろう

時　止まり
風　揺らぐ…

崇高なる　命　命　寿ぎ
古僧の　面持ち
亦　縷々転　縷々…

我道

我、頑然として止まず
我、平然として憚らず
我、一個の人間として媚びず
我道を　ただ一心に貫くのみ
我道とは即ち　心の道
心の道を　究めんと欲す

その心の道は　遙か彼方の銀河よりも広く
宇宙に通ず
その宇宙を　究めんと
その広大なる不思議を　究めんと

故に我、頑然として止まず
平然として憚らず
故に我、媚びず
我道とはただ　ひとすじの道として成らん
我道とは即ち　心の道
心の道を　究めんと欲す

その心の道は　どんな卑怯な態度にもめげず
宇宙に通ず
その宇宙を　究めんと
その広大なる不思議を　究めんと

その心の道は　どんな卑劣な手段にもめげず
宇宙に通ず
その宇宙を　究めんと
その広大なる宇宙を　究めんと

形のかたち

ありがたいことに　人生とは
至福の世界に　遊んでいる
そういった"形"なのであって　それは
多分に"数学的"な公理で成立しているのだ
ということに　今気が付いた
遅かった　と言えば　遅かったかも知れない
早かった　と言えば　早かったかも知れない
而して　私という人間は　浮かれない
そういう形の　美的な総称だ
美が　あるゆえ
美しい　世界
世界よ
夢へ　行け
夢へ　行け
世界よ
美しい　世界
美が　あるゆえ
そういう形の　美的な総称だ
而して　私という人間は　浮かれない
早かった　と言えば　早かったかも知れない
遅かった　と言えば　遅かったかも知れない
ということに　今気が付いた
多分に"数学的"な公理で成立しているのだ
そういった"形"なのであって　それは
至福の世界に　遊んでいる
ありがたいことに　人生とは

締＜しめ＞

寿ぎのある　心こめた手紙　受け取って
自然と膨らむ　夢の世界
ありがたさと共に　湧く勇気
ここまで来られて　よかったと
素直に思う　そんな日々
「生きる」ということ　胸に抱いて
進んできた　この道

傍らには　いつも
私を慕う　人がいて
倒れそうに　なった時でも
支えてくれた　そんな　恵み
その温かさに　感謝　懐いて
「歩く」ということ　信じ続け
進んできた　この道

新たなる希望　こころに芽生え
明日また射す　太陽　感じ
締める　今
夢の万華鏡　闇夜に　回転する

寿ぎのある　心温む光　受け取って
自然と膨らむ　夢の世界
"感動"という　命の迸り
ここにこうして　在る　その不思議
ああ　この命は　何て荘厳なのだろう　と思う

新たなる希望　こころに芽生え
明日また射す　太陽　感じ
締める　今
夢の万華鏡　心に　回転する

精神性に関しての考察

詩の精神性について

1　はじめに

　唐突であるが物事というものは何事も、基礎というものが大切であるということは、肝に銘じておくべきだと思う。何故ならば、この"基礎"が無かったならば、その上にさらに豪奢な建造物を構築することは不可能だからである。このことは詩の創作についても当て嵌まり、詩には詩の"基礎"というものが存在しているのである。それでは詩の"基礎"とは一体何だろうか。そのことを解明するのが本稿の目的である。

2　言語の性質

　詩とは言語によって表現された、ある形式である。よって詩がその内部に論理性を保持しているということは間違いない。何故ならば「言語」とは論理によって構成される存在だからである。例えばヴィトゲンシュタインの『論理哲学論考』によれば「語ることができないことについては、沈黙するしかない」のであり、ここで言う「語ることができないこと」とは「論理性を保持していないこと」と同義なのだから、言語というものを「語る」あるいは「記述」するためには、論理性の保持が絶対条件なのである。

　このことは構造主義言語学にも当て嵌まる。構造主義言語学によれば、言語とは一つの「形式」であって、それは同時に「記号」でもあるから、言語の本質的な性質を理解するためには、言語を記号学的な（あるいは記号論的な）観点に立って見る必要性がある、となる。それは例えば、代数学的な観点から言語を分析するというような、要するに数学的観点に立って言語の性質を解明するという方法論となるであろう。

　以上のように詩という存在を「言語学的な」観点に立って見ると、詩とは論理性"のみ"によって成立しているものだと理解されてしまうかも知れない。しかし実際の「言語」とは、人間の精神性も介入するような性質を持っているものであり、例えば認知言語学という学問によれば、言語の心理学的な様相から言語の本質に迫るというアプローチこそ、真の意味での言語理解につながると考えるのだし、またカッシーラーが著した『シンボル形式の哲学』第一巻「言語」によれば、言語の認識とか表出とかいったものは、人間の精神性や主観性

が介入してくるものだということになるのである。したがって言語とは、論理性と精神性によって構成されるものなのである。

3 真の意味での詩人たち

　それでは詩の本質的な性質とは一体どういったものなのであろうか。詩が論理性と精神性とを併せ持っているとすれば、詩は明らかに人間の思考の表現となるだろう。すると詩とは、哲学者の語る言葉であるということになるだろう。何故ならば詩とは、物事の本質をごく短い言葉で表現する文学だからである。このことをもっと本質的に表現するならば、詩とは文学であり、かつ芸術でもあるとなるだろう。この事実を明確に定義づけているものが、アリストテレスの『詩学』とホラーティウスの『詩論』である。この『詩学』及び『詩論』によって、詩の演劇的性質が明らかとなったのであるから、驚きである。左様、詩というものは、遙かなる時空を考察の対象としているような演劇舞台であって、この演劇舞台に立って、時空の謎を声高らかに証明せんとしている人間が誰あろう詩の作者という存在なのである。

　このように書くと「いやいやそんなことはあるまい、詩の作者というものは、そんな大それたことは考えてはいまい」と、全く根拠の見えない見解を提示する方が居られるが、それは私から言わせれば全くの論外なのであって、いわば私は、このことが何ゆえに論外なのかということを語りたいがために、本稿を執筆するわけである。

　さて、詩とは美であると、かの大作家エドガー・アラン・ポーは「詩の真の目的」において訴えた。またホルヘ・ルイス・ボルヘスは著書『詩という仕事について』において、詩とは美学にはなり得ないと書いた。したがって詩とは、美ではあるが美学ではないということになる。この見解は至って正論である。詩というものは、確かに"美"を表現しようとしているがしかし、それは決して美の学たる"美学"を披瀝しているのではないのである。即ち詩は、美の学たり得ないのであるがしかし、美を表象しようと躍起になっているのは確かなのである。この問題を正面から論究したのが誰あろう、これまでに述べたアリストテレスであり、ホラーティウスであり、エドガー・アラン・ポーであり、ホルヘ・ルイス・ボルヘスなのである。彼らは哲学者であり文学者であり、また真の意味での詩人でもあったと言える。このことによって詩とは、論理性のみによって成立する事柄なのではなく、"美"という精神性をも保持している事柄であるということが明らかとなったのである。

4　文学者

　ところで詩人が仮に文学者であったとするならば、詩の作者という存在も間違いなく文学者であろうという見解に対して私は、明らかに異を唱えている人間である。何を言っているのだと思わないでほしい。というのも私は、詩を"表現している"人間、即ち詩の作者と、詩を"書いている"人間、即ち詩人とを別のものとして捉えているのである。詩を"書いている"人間は間違いなく文学者であろうが、詩を"表現している"人間は何の戸惑いもなく「文学者」であるとは言えないと思うのである。詩を"表現している"人間は、必ずしも文学や文芸を志しているのではない。詩の作者、即ち詩の表現者は、間違いなく演劇舞台で演じている役者に違いないのである。詩人は確かに文学者であろうが、だからと言って詩の作者がそのまま文学者であると決め付けるのは良くないだろうと思う。

　この見解は至って論理的かも知れない。しかし詩が論理的であって何が悪いのだろうか。また、詩が哲学的であって何が悪いのだろうか。がしかし詩は、そういうもの"のみ"であってはならないのであって、左様、詩は美に至って始めて真の意味を付与されるのである。そのことを知るには、高村光太郎の詩を読んでみれば一目瞭然であろう。

5　芸術家

　高村光太郎は明らかに真の意味での詩人であった。また高村光太郎は彫刻家でもあった。よって彼にとって詩とは、恰も彫刻作品を創造するかのように創作されるべき〈作品〉であった。このことは詩が"美"を表現しようとしている確固たる証拠であって、高村光太郎の詩こそ、真の意味での詩であり美であるということが出来るのである。

　この世における詩創作という行為において、本当の意味で重要視されなければならないこととは何かというとそれは、一つの詩が果たして〈作品〉になっているのかどうなのかという事柄である。私は詩の作者という存在を〈美の追求者〉であると考えている。この〈美の追求者〉という存在というものは、一般的には芸術家が担うべき事柄であろうから、詩の作者は決して「詩人」ではなく「芸術家」たらんとする意気込みが必要であろうと思う。そうでなければ人の心を打つような作品は生み出され得ないのである。その意味からも高村光太郎は、確かに真の意味での〈芸術家〉であったとも言えるのである。

6　おわりに

　かように詩の"基礎"とは、詩を創作している詩の作者にある精神性の存在にある。また精神性は"美"や"主観"によって形成されるという性質を持つ。したがって詩の作者(これは必ずしも詩人ではない)は美を追求する〈芸術家〉でなければならない。この芸術家は「詩とは"美"である」という確固たる信念を保持しているような存在でなければならない。

　－参考文献－

『論理哲学論考』(ヴィトゲンシュタイン／著　丘沢静也／訳　光文社)
『シンボル形式の哲学』(カッシーラー／著　行松敬三、木田元／訳　岩波書店)
『20世紀言語学入門』(加賀野井秀一／著　講談社)
『言語学の教室』(西村義樹、野矢茂樹／著　中央公論新社)
『詩学・詩論』(松本仁助、岡道男／訳　岩波書店)
『詩という仕事について』(J.L.ボルヘス／著　鼓直／訳　岩波書店)
『ポー詩集』(阿部保／訳　新潮社)
『高村光太郎詩集』(高村光太郎／作　岩波書店)
『芳賀章内詩論集　詩的言語の現在』(芳賀章内／著　コールサック社)

規範学における心について

　人生における最大の謎というものは、真善美にある。即ちそれは、規範学によって問われる問題である。この規範学という学問によって垣間見られる最終的な到達点は、間違いなく"人間"という存在の謎である。その意味から規範学という学問は人間学的である。しかし人間の人間における謎において、規範学は決して"人間学"たり得ない。何故ならば人間学は「人間の学」だからである。しかし規範学は「人間の学」ではない。つまり規範学は、"学"とは銘打っていながら、それは決して"学"ではないのである。

　それでは規範学とは一体何か。この規範学という存在は、真善美という存在を"学的に"認識しようとするものではなく、"感覚的に"認識しようとするための方法論(したがってその意味では規範学は学問である)を基礎として、人間という存在を"学的に"認識する(この方法論が人間学である)のではなく、"感覚的に"認識する(この方法論が規範学である)という〈総合認識〉である。真はまた、論理学的であるし、善はまた、倫理学的であるし、美はまた、美学的であるから、これらの学的認識の〈一般化〉が規範学の最終目的である。即ち、

$$A = (a_1,\ a_2,\ a_3,\ \cdots,\ an) \tag{1}$$

における右辺が個別の学問であるのに対し、左辺はその〈一般化〉であり、この〈一般化〉が規範学の目標となる認識である。

　さて、規範学によって齎される認識の〈一般化〉はまた、個別の認識を包含しているから、上記した等式は明らかに成り立つ。したがって、

$$A = \{a_1,\ a_2,\ a_3,\ \cdots,\ an\} \tag{2}$$

も成り立つ。即ち集合としての認識である。これを哲学的に解釈すれば、式(1)は〈時間の一般化〉となり、式(2)は〈空間の一般化〉となる。

　時間、空間は規範学的には自明の存在である。またこれらの認識を可能にしている〈私〉の脳は、私がこの世界に存在している限りにおいて(私がこの世界に生きている限りにおいて)自明であるから、この認識を可能にしている〈私〉の"心"も自明であるということは、式(1)及び式(2)から明らかである。何故ならば、この世界は時空において存在しているからである。この世界が存在しているゆえに〈私〉が存在可能なのだということは、このことから明らかである。

ゆえに〈私〉は、時空に包含されている、かつ（脳という存在で認識している限りにおいて）時空を包含している、ということとなる。包含されつつ包含しているということは明らかに矛盾であるから、人間という存在は矛盾した存在である、ということが明らかとなる。したがって人間という存在は内的感官に"自己矛盾"を保持しているということととなる。この見解は明らかにイマヌエル・カントの批判学の批判となっているから、この見解によって、カントの批判学という哲学的学知と規範学的知とは相容れないということが理解可能となる。

　この考察によって明らかになったこととは、この世界は共通項を見出せない、そういった世界なのだということである。即ちこの世界は全くの〈矛盾〉によって成立しており、また、私たちの存在も〈矛盾〉によって成立しているということである。したがって規範学的考察というものは、この世界及び人間の〈矛盾性質〉を追及するものだということが出来るのである。

　よって人間は世界を真に見出せず、また人間は人間を真に見出せない、そういった世界が、規範学における"心"の一般的定義なのだということが明らかとなる。

カッシーラーにおける言語の主観的認識について

1

　詩の本質の理解、及び規範学によるペシミスティックな認識の理解によって
人は、どういった認識へと進展するのか。この問題に関して、認識論の観点か
ら考察を進めることとする。その際、前述したカッシーラーの『シンボル形式
の哲学』第一巻「言語」の「序論」をテキストとして考察を進める。

2

　詩とは「言語」という存在の形式を利用して、それを"美"へと高めてゆく
過程の中で創造される記述である。したがって詩とは、その性質に論理性と精
神性とが備わっており、この論理性と精神性とによって構想され、また創造さ
れるという過程を保持している。だからその過程が時間的要素を保持している
ことは確かであり、その意味から詩とは時間芸術である。時間という存在によ
って詩は、真の意味でその記述が生かされる。しかしそれだけであるならば論
理性と物理学的時間とによって"のみ"構成されるものが詩であるということ
になり、詩の精神性というものが蔑ろにされてしまう。そこで、詩の精神性と
いう、おそらく詩にとって命となり得る観念を見出す努力が必要となってくる
のである。
　それでは詩の精神性とは一体何だろうか。このことは詩が"美"を表象して
いるという意味から考えると、それほど難しい問題ではないだろう。即ち詩の
精神性とは主観に求められるのである。このことは「詩の精神性について」に
おいてカッシーラーの『シンボル形式の哲学』を引き合いに出して述べておい
た。それでは主観とは一体何だろうか。
　このことを解明するためには『シンボル形式の哲学』第一巻「言語」の「序
論　問題の提起」の内容を分析する必要がある。カッシーラーはこの「序論」
において認識の過程を、客観→哲学→数学及び美学→主観という流れの中で分
析しており、例えば客観に関しては「精神の多様な諸方向のためのそのような
中間領域、媒介機能が実際に存在するのかどうか…」と、客観的認識の存在を
懸念視するような見解を示している。また哲学に関しては「認識も言語も、神
話も芸術もすべては、外的ないし内的な存在の所与の、存在そのもののうちで

つくり出されている像をただ反映するだけの単なる鏡ではない。それらはそうした無差別な媒体なのではなく、むしろ独自の光源なのであり、見ることを条件づけるとともに、あらゆる形態化作用の根源をなしているのである」として、「独自の光源」としての哲学的認識を披瀝している。数学及び美学とは「意識の感性的要素(a, b, c, d, …)の総和からではなく、いわばその関係と形式の微分(dr_1, dr_2, dr_3, …)の総体から意識の「積分」(完全な全体)が構成されるのである」とし、数学という理性の根源に位置する概念にも「意識の感性的要素」の存在を見ている。そして最終的には主観的認識としての人間的性質に至る。カッシーラーによれば主観とは「感性的な素材そのもののうちに精神の根本機能が姿をあらわし自己を顕現するということ」なのである。したがって主観とは、精神的要素の中で最も優れた「精神」なのであって、ここに主観の意味論は完結を見るのである。

3

　しかしカッシーラーの考察はここで終わるわけではない。カッシーラーは「言語」についての哲学的ないしは美学的考察を、言語の表象ないしは言語の表出機能として認識しており、それはまさしく言語の創造行為に該当するものなのではあるまいかと思う。人間には何かを表現し、構成するという精神が備わっており、それがカッシーラーの言う「意識の感性的要素」即ち主観によってなされるということが、より人間らしい行為として認識され得るということになる。『シンボル形式の哲学』における考察を全体的に考えてみると、確かにカッシーラーは意識および認識の概念的把握に重きを置いているのであるが、しかしその美的、芸術的観点も考察されており、本稿ではそちらの見解に関しての考察を展開してみた。
　私が考えるにカッシーラーは『シンボル形式の哲学』の全体にわたって、認識の根源にある「感性」及び「主観」を、恰もシェリングの如く、深遠な領域にまで深めており、その深遠なる考察を「客観的認識」へと還元しているような気がするのである。即ち「主観」という、精神の根源に位置する認識あって、始めて「客観的認識」へと至ることが出来るとしているのである。そしてそのことはまさしく詩の創作にあっても同じであり、詩とは確かに「主観」の表現なのであり、また「感性」の表現なのである。このことは美的、芸術的認識にあっても同じであろう。詩とはやはり、"美"によって構成されているある形式なのであろう。

4

　以上のような考察によって、精神の構成要素である主観と客観の認識論的位置が明らかとなった。主観あっての客観なのだという事実が明らかにされた。

　結局は何が重要なのか。それは例えば、人間が生きてゆくうえで絶対に必要となる認識の範疇が決定されたという、認識空間の位相の解明に役立つということもあろう。しかしそれよりも重要なこととは、認識における優先順位が決定されたということにあるのだと思う。即ち主観あっての客観なのだということが明らかにされたという、まさにそのことが、人間が哲学的に生きてゆくうえで非常に大切な要素となり得るのではあるまいかと思う。

　人間は哲学的存在であり、その認識にあっては、主観の構成要素がカッシーラーの分析によって明らかとなったという事実に、もっと目を向けるべきだと思う。特に『シンボル形式の哲学』第一巻「言語」における考察は、何かを表象しようとしている人々に、カントの『判断力批判』以上のものを提供しているはずである。カッシーラーこそ、世界が生んだ偉大なる美学者なのである。

　　　－参考文献－

　『シンボル形式の哲学』第一巻「言語」
　（カッシーラー／著　生松敬三、木田元／訳　岩波書店）

　「遠近法と象徴形式－カッシーラー哲学と芸術空間－」
　（喜屋武盛也／著　沖縄県立芸術大学紀要　No.19　2010）

人間の精神性について

　私はこれまでの考察で、人間の認識における精神的な現象についての、つまりは心理哲学の問題についての本質的な議論を展開してきた。人間の心という、非常に繊細で難解なものの意味について、いくらかでも解明出来ればという思いから、詩の精神性、規範学における心、主観的認識という三つの主題によって、心理哲学の主要な問題とし、これを考察してきた。ここに至って理解出来たこととは何かというと、人間における「精神」の存在可能性の確固たる根拠を指し示すことが出来たということである。例えばヘーゲルの『精神現象学』による「精神」の考察から、カッシーラーの『シンボル形式の哲学』の「精神」の考察にまで至る、非常に広大な心理哲学の問題は、どうやらフッサールの『現象学の理念』に書かれているような意味内容によって、はっきりと理解出来る事柄なのである。それは「認識論」による心理哲学への応用でもあった。

　私が以前に「主観と客観－その意味論－」によって明らかにしたこととは、人間の思考には主観的思考と客観的思考とが備わっている、という範囲にとどまっていたが、今回の考察では、特に主観的認識という概念の理論的考察から、人間の心理及び認識についての発展的考察が展開出来たようである。

　本考察の主旨とは何かというと、精神という現象を「主観」という現象によって理解することにより、人間が"生きてゆく"ことにあって必要な言語の使用方法が変化するのではないか、という部分にあった。人間は言語を利用して様々な事柄を表現してゆく。人間はある対象を精神によって構想し、そして言語によって表象することが出来る。この非常に豊饒な環境にあって言語表現が出来るのだし、またそれを美的な作品に仕上げることも出来る。こういった恵まれた環境にある人間は、ともすると言語という存在を蔑ろにする可能性を秘めている。何故ならば言語があまりに当たり前に存在するからである。したがっていたずらに言語を使いまわしてしまうという暴挙に走る。

　しかし上記したような認識を行うことによって、そういった暴挙に走りにくくなるのである。もっと言語を正しく、また美しく使用するようになるのである。このことは、人間の精神性にとっても、非常に大きな位置を秘めているのではあるまいか。人間の精神は、美しくあって始めて、素晴らしい表現へと至るということなのである。

再稿　主観と客観－その意味論－

「客観性」の意味論

　多くの幅広い知識を取得している方を我々は一般的に「物知り」という。この「物知り」は何ゆえに物知りなのかというと、結局は多くの物事を客観的に見ているからである。もし仮に私が私の考えたことのみを真とする人間ならば、他の様々な知識に該当する「人の意見」であるものは一切取り合わないであろうし、また、信じないであろう。例えば仮にまだ原子というものがこの世界の共通知識になっていないとして、実はかくかくしかじかで、この世界には原子というものが存在するのだと説明されてもよく分からないだろう。何故わからないかというと、その知識がまだ個人的な見解にとどまっているからである。ある人間が A という知識を持っていたとして、他にそのことを知る人間が全く存在しないとなると、A が仮に正しい知識だとしても、世の中では認められないだろう。要するに我々は人間としての共通認識である客観性を、人間相互間における必要不可欠な性質を持っている認識として理解しているのである。つまり、主観性による、ともすると独断になりかねない知識や認識は、社会的人間にとって害悪になる危険性を秘めていることがあり、そのような独断的な認識に陥らないためにも、主観と同時に客観も知らなければならないのである。

　哲学における独断とは、総合的な認識がまだ出来ないでいる段階の認識を指すが、この総合的な認識とはとどのつまり「客観的思考」に他ならないのである。人間は確かに主観でものを見たがるし、また行動したがる。しかし哲学では、それはまだ人間が全人に達していない未熟な精神の証拠だとする。人間として真に到達するべき段階はこの「客観性」であり、決して独断ではないのである。

　ここまでの見解は、あくまでも哲学的認識の総論であった。哲学とは本来そのような客観性を持っており、その意味では哲学も紛れもなく科学である。哲学を科学として捉えることが出来たときに、そこで始まる認識があり、それを我々は「客観」と呼んでいるのである。したがって真の意味での客観は、哲学を一度くぐり抜けねばあり得ない。ただ闇雲に科学的知識を披瀝しても始まるものは何もないのである。科学的知識の本質的な部分に哲学的認識が潜んでいるのだと理解されたい。実はこのことは殊のほか重要なことなのでもう少し詳しく述べる。

　科学というものが常にこの「客観性」を重要視していることは周知の事実だが、しかし我々は客観性という言葉の意味をどれだけ理解しているかということになると、問題は山積みである。我々はよく「客観的に見て」とか「客観と

して」とかいうふうに使っているが、大体そういう話はあくまで言葉のあやとして使っているだけで、哲学的に習熟した見解ではない場合が多い。そこには真の客観を見極めようとする覇気が感じられない。もっとも真の客観とは何なのかと問われると実に難しい。

　ところが便宜上「客観」として認識できるものに科学がある。何故なら科学は我々の共通認識だからである。例えばこの世界の様々な物質は、全て原子の配列によって構成されているということや、人間は酸素を取り入れて二酸化炭素を排出している、その二酸化炭素を植物が取り入れて酸素を生成し、その酸素をまた人間が取り入れている、という自然の循環性についての認識は、今や多くの人間に理解されている共通の認識であろう。このような知識は、私がこのように思ったということではなく、そういうものなのだという性質の知識である。即ち我思う、ではなく「そういうもの」なのである。何故我々はこの「そういうもの」というさめた認識を必要とするのかというと、人間が認識する多くの知識は、ほぼ総て他から譲り受けた共通の知識だからである。私が発見したと思っている知識は、多くの場合誰かに先を越されている。私が知ったと思っている知識は、多くの場合誰か他の人からの譲り受けである。したがって客観的な見解は偉そうに言う類のものではないし、また、主観的な見解は、よほどそのことに関しての理解がないと全くの空疎な意見で終わってしまうのである。例えば人間は他のどんな生き物よりも高等だという全く根拠のない意見は、客観的見解では完全に却下されるただの独断である。しかしその見解を様々な先人の研究や、きちんとした生物学的な根拠のもとに結論したならば、いくらか説得力がある分、客観的かも知れない。しかし自分の意見を客観的に押し広めることは容易なことではない。

　もちろん我々は自分の意見として多くの見解を述べているのだが、実際はそのほとんど総てが自分の中にある知識に基づいた客観的な見解であって、その人独自の見解というものはほとんどないのである。私がこう思った、という"根拠のある意見"とは、ほとんど必ず先人の見解のもとに紡ぎ出された"客観的意見"であり、純粋な意味での"主観的意見"ではあり得ないのである。私たちがこの世界に生まれて様々な人々と巡り会い、様々な人々の意見や学習を受けたことにより、現在の自分の立場が成立しているということを忘れるべきではない。

美学による主観の意味論

　私は哲学という、多くの場合なおざりにされてしまうであろう学問に、長い間惹かれ続けてきた。そのことが良かったのか悪かったのかは判然とはしない。しかし私は、哲学という学問の持つ妙なほどの魅力をいやというほど知ってしまった人間である。だから哲学というものが、私の人間性の多くの部分を占めているのではないかと考えるに至ったのだが、しかし実はそんなことはどっちでもいいのである。それはどういうことかというと、哲学の名を冠する書物を読み込んでゆくと分かってくることのひとつに、どうやら哲学とは「思索の学問」なのだな、ということがあるのだから。この「思索の学問」という物言いは私が考えた言葉ではなく、以前からかなり使い続けられてきた言葉であるから驚くほどのことではないが、このことに関して身を持って知ったのが、本当につい最近であったということなのである。

　哲学が多くの場合、思索の域を脱出できていないのであり、そのことは即ち、哲学があまりに空想的であるために、実態感が希薄になっているのである。したがって哲学そのものに関する認識が、現実世界の様々な現象との間に埋没してしまっているということが起こっているのである。本来ならば哲学というものが現実世界を包含する形を採らねばならないのに、実際にはその逆に、現実世界が哲学を包含してしまっているのである。言い方を変えると、現実というものに哲学的思索が埋没している、ということである。

　このことが一体何を意味するのかというと、即ち哲学的思索の存在根拠が非常に危うくなっている、ということを意味しているのである。しかしこのことは、哲学という学問が現代人には必要なくなっているということを意味するものではない。思索という領域は、何人をも穢れ犯されるものであってはならないからである。

　「考える」という行為が、とどのつまり「思索」とか「思考」とかいったもののことである。これらは哲学や心理学の領域における非常に重要な論点であるに違いない。また、哲学や心理学が人間の探求のためには必要不可欠であるということへの示唆ともなっているはずである。ところで実はもうひとつ、人間性の追求にとって必要不可欠なものがあって、それは何かというと「美学」なのである。

　美学とはある意味では、美しいと感じる心を分析する学問である。この花は美しいな、と感じる心を「必要ない」と断じる方は居られないであろう(少なくともそう信じたい)。美しいと感じる心は、明らかに人間を幸せにするはずなの

であるから。しかし私は、この「美」というものについて思索するうちに、ある重要な視点に気が付いたのである。それは何かというと「美」というものはそれをとことん考えているうちに、美の本質からどんどんと離れてゆくという性質を持っているということである。このことは非常に重要な観点であり、ともすると「美学の本質」を述べたものなのではないかと考えている。何故かというと、美とは、本質的に考えるものではなくて感じるものゆえである。

例えばある作品を鑑賞する時に、その作品について考えすぎてはいないだろうか。即ちその作品を感じているのではなくて考えてはいないだろうか、と考える。

実は何も考えないで作品を鑑賞することのほうが難しいのである。考えるという行為は哲学的思索に関連してくるから、ある作品を「考えている」場合は、その作品を感じているのではなくて"哲学している"のである。またある作品に関して、その作品には一体何が描かれているのかを具にチェックするという鑑賞方法は、その作品を感じているのではなくて"分析している"のである。分析するという行為は、学問的考察にとっては極めて重要なことだが、作品鑑賞にとってはそれほど重要ではないものである。何故なら分析するという行為は本質的に、考えるという行為と不可分一体ゆえ、ある作品を感じているのとは次元が異なるからである。

このように考えてゆくと、一体美学なる学問は存在可能なのかという悲愴な疑問が生じてしまう。曲がりなりにも「学」と呼んでいるものならば、そこには必ず理論が存在せねばならないということは確かである。しかしこの「理論」とは概念であるから、それは即ち説明になってしまう。作品を感じるのに、説明などという野暮なものはほとんど必要ない。何故ならその作品を鑑賞者が個々の視点で鑑賞すればそれで事が足りるからである。そこには説明というものは必要ないのである。しかし美を考えるためにある「美学」という学問は、以前から存在している。存在しているということは、おそらくそこには何らかの意味があると私は考えている。

さて、哲学、美学は人文科学に該当するのだが、これらの学問は「人」を考察の対象にするものである。我々は皆「人」であるから、この観点は重要である。これらを「社会」という領域に照らし合わせると事の理解は容易になってくる。社会が人と人との相互関係によって成立しているのは確かだから、その間にあるものを人間関係と考えると、人は直ちに人間となる。ここに「人間学」の成立根拠がある。要するに哲学、美学は人間学に収束するのである。

学問というものは総合すると理解行為に相当する。理解行為とは存在そのものである。ハイデッガーはそのことを現存在と呼んだ。現存在とは即ち実存となる。存在(ある)から実存(いる)への方向性は、「私」の発見に他ならない。全て

56

の帰着点が、この「私」になるに違いない。それは言い方を変えれば主観である。学問的行為である理解行為が客観であるのだが、この客観は、ここに至って主観となったのである。主観とは「私」である。すべてはここに帰着する。

時間の哲学の重要性

　前の「美学による主観の意味論」の最後で示唆したことは、人間における理解行為の重要性であった。この理解行為というものが、人間の理性に基づいて行われている行為なのだということはおおよそ見当が付くだろう。この理性と理解とは、切っても切り離せない性質のものであり、方向性としては、理性に基づく行為が理解行為なのだ、ということである。この理性について論じることはしないが、このことは重要な論点なのである。

　さて、「美学による主観の意味論」において述べたひとつの理論的考察に基づいて、ここではもう少し焦点を絞った形で、哲学についての視野を限定してみよう。これは視野を狭くすることではなく、あくまで私の見解をよりよく理解していただくためのメルクマールだと思っていただきたい。

　哲学とは何か。このあまりに使い古されて、埃にまみれている疑問も、多くの場合深読みしすぎて返って判らなくなるという悲惨な結果にとどまっているというのが現状である。哲学関連の書物を丹念に読み込んでみると、必ずと言っていいほどこの疑問に帰着するのである。それだけこの疑問は、我々の知的な興味を惹くものなのだろう。この「哲学とは何か」という、おそらくどんなに深い思索の持ち主でも難解に思うであろう疑問の理解のためには、いったん「哲学」そのものの議論から退く覚悟を要するのではないか、と思う。それはどういうことかというと、全く哲学に関係のない考察に移るということではなくて、「哲学」そのものを少なくとも維持したうえで、それから少しだけ離れるということである。それを可能にしてくれる唯一の方法が、哲学史の研究である。

　さて、哲学史とは多くの場合、哲学思想の学説史の形をとるから、様々な先人の業績を、ガイドブックのごとく綿密に知ることが出来るという点が特色である。またおおよそ「学」と名の付くものには全て学説が存在するから、その歴史を概観する哲学史(学説史)は、ほぼ全ての学問に存在するといえる。

　哲学史とは哲学思想の学説史であるから、そもそも歴史とは何かというかなり執念深い疑問もあってしかるべきであろう。E・H・カーの『歴史とは何か』(清水幾太郎訳、岩波新書にある)は、その典型的なものに属する。これは歴史を考えるための必読書といっても過言ではない。

　また歴史哲学というものの可能性についても言及しておこう。歴史哲学は、歴史についての哲学的考察である。したがって先に挙げたカーの『歴史とは何か』も、ある意味では歴史哲学である。また、歴史が必然的に時間の方向性に

関連してくるのだから、それは時間の哲学的考察とも関連してくることは、比較的容易に理解出来る。したがって歴史哲学とは、時間の哲学である、とも言える。例えばその可能性としてハイデッガーの『存在と時間』を想像していただければよい。

　以上、哲学とは何かという最大の疑問を、哲学史、ないしは歴史哲学というものに限定して考えてきた。ここで重要なこととは、我々は時間の中に生きているということである。即ち、時間を無視して生きてゆくことは出来ないのである。「時間」とは、我々の存在における条件のひとつであり、もうひとつには「空間」がある。そして、時間と空間とはひとつのものであり、ここに至って、アインシュタインの提唱した「時空間」の哲学的根拠が見出せる。それは明らかに存在の一般化に他ならない。哲学とは「存在の一般化」だったのである。

詩作の刹那

そんな世界に

　哲学というものによって理解される一群の世界観とは、一体何だろうか。そんな問いから生まれた、いわば本詩集の序曲である。

芒〜秋冬の詩〜

　芒の醸し出す静寂の香りに心惹かれ、創作したもの。実はこの詩は“歌”である。何か、自然に囲まれた生命の豊饒性を感じていただければ、ありがたいと思う。

冬のメロディー

　実はこれも“歌”として創作したもの。「秋のメロディー」という、これまた“歌”として創作した作品からの連想である。

富士山〜Re Stance〜

　周知の如く、富士山が世界文化遺産に登録された。こんなにうれしいニュースは、なかなか無いと思う。咄嗟に思い浮かんだ詩が本作である。富士山の雄大さは表現し難いが、私なりに描いてみた。

天体の如く

　宇宙という世界に心惹かれる。これまで宇宙をテーマにした詩をいくつか書いてきたが、本作はその集大成とでもいうべき詩である。最後の「天体の如くに　生き抜かんと」が、今の私の心境である。

愛ふたたび

　詩創作 20 周年記念詩と銘打って、満を持して発表した詩だ
が、幸いなことに、その朗読がインターネットの動画サイト
で好評となっている。愛は、そう簡単に定義され得るもので
は無いから、ここにこうして“詩”という形で表現してみた
のである。私が中学生時代の頃に創作した「愛」という詩の
いわば発展したものが「愛ふたたび」であり、その意味では
私の詩作人生にとって、かけがえのない作品となったと思っ
ている。

都会の一角

　都会は、何故か淋しい。そんな気がする。その感慨を綴った
短詩である。

数学の意味が、解明された

　数学ほど訳の分からない世界は無い、と言われる。しかし果
たして本当にそうだろうか。ある意味では数学ほど純粋に学
の世界を追及している学問は無いのである。その意味では数
学は、理性によって表現される世界である。しかし数学ほど
感性を必要とする学問も、また無いのであって、感性と理性
とがうまく融合されなければ、数学的発見はあり得ないので
あろう。そんな思いを書いた、少し難しい詩。

心的な、あるいは最適な Message

　哲学という、数学と並び称される難解な学問が存在する。私
はこの“哲学”を、一種のメッセージだと思っている。即ち
情報を伝達するという意味での言語観念である。そんな気持
ちを書いた詩である。

歩路宵(ほろよい)の歌

　確かこの詩は、大学生の時代に書いたものだったと思う。今

見てみると、少し物足りない感じがするが、それはそれとして、一つのメルクマールとして考えておこう。

四季の譜

これも大学生頃のものだと記憶している。四季という、日本という国にとって必要不可欠なものを何とか表現したかったのだが、いかがなものだろうか。

頑然として－22歳の決意－

22歳。この初々しい季節は同時に、悩み多き季節でもある。せめて"頑然として"生きて行きたいという、強烈な表現が若さ、というものだろうか。

片恋

古典文学が好きだ。それも例えば『竹取物語』とか『徒然草』『方丈記』のような、自然を描いたものが好きだ。そういった作品からインスピレーションを受けて作ったのが本作である。

生きる　〜詩篇「我道」の行方〜

詩集『愛すべき風景』に収録した哲学詩「我道」は、私の人生において、ある意味では自己の進むべき道を決定した詩だったと思う。しかしそこに安住せず、進んで行こうという想いが、本作を創作させたのかも知れない。

恋文

「片恋」と対になる詩。ラブレターさえメールに置き換えられてしまった今般において、もはや"恋文"などという言葉は死語なのであろうが、この言葉の深遠な意味が、何か興趣をかき立てるのである。

綴る恋

　　さて、本作である。恋を綴るとは、要するに言葉で愛を示す
　ということである。しかし私は、あえて"自然にと"綴る言
　葉を提示した。自然が存在しなかったならば、私も存在しな
　いのであるから、その自然を恋し、愛する心が、人間の精神
　を豊かにするのではないだろうかと感じる。

陽炎ひとつ

　　理屈っぽい詩も、時には面白いものがある。この詩もそうい
　う詩であってほしいのだが…。

輝々として　－河合隼雄氏に捧ぐ－

　　河合隼雄という、稀代の碩学であり精神分析学者がおしむら
　くも天に召された時、大学院で精神分析学とか臨床心理学を
　学んでいた私は、恰も、大切な親友を失ったかの如くに悲嘆
　した。河合隼雄氏は、それだけ偉大な人だったと思う。氏を
　奉じたレクイエムが、本作である。

ヒヤシンスの調べ　～Poetical　Decoration～

　　詩人の中でも特に愛すべき詩人というのが、立原道造である。
　彼の創作する詩は、まさに感性の強烈さを醸し出している。
　彼の創作人生に触発されて創作したもの。

20 行のロンド

　　ロンド(輪舞曲)が好きだ。この詩は、出来得れば、ロンドと
　して作曲したいと思っている。

暮色

　　人間、誰しも絶望感や不安感に駆られることがある。

鶴～最果ての唄～

　北海道の雄大な景色。そのイメージは、極北の大地を我が脳裏に焼き付けるかの如くに強烈であった。ましてや鶴という日本の象徴のような鳥が求愛ダンスを舞っているのを想像すると、こちらも踊りたくなってくるから、不思議である。

宇宙的思考への序曲　～黎明～

　詩「宇宙的思考」への導入部分である。

宇宙的思考

　宇宙が私に、多くの事を教えてくれた。それは愛であったり夢であったり、あるいはまた恋であったり時であったり。それらの事項が、全てを象徴する宇宙(時空)によって成立するということに気付いたのは哲学者たちであった。特にドイツ観念論を代表するイマヌエル・カントの哲学や、20世紀を代表する物理学者アルバート・アインシュタインの相対性理論が世界に与えた影響は多大であった。しかし、宇宙とは、何もこの広大なる自然宇宙だけではなくて、私達自身をも象徴するものなのであり、これが大宇宙に対する小宇宙の出現である。ここでいう「宇宙的思考」とはまさに、自然宇宙と精神宇宙との狭間にくっきりと発現する、ひとつの興趣溢れる世界観なのである。

躑躅の花の中へと

　ここで言う“躑躅”とは、小宇宙としてのそれであって、象徴的な意味合いがある。大宇宙の中の小宇宙という広大な観点に基づく、これはひとつのカテドラルであると信じる。

事成り、また流転す

　流転する人間の意味合いは、過去に遡れば万物流転を唱えたヘラクレイトスや古代インドの輪廻転生の思想へと行き着く。

したがって流転するということは、生き、死に、また生きるというプロセスを経て成立する事柄なのである。即ち、一点に定まらないという無常という概念へと辿り着くのである。「もののあはれ」を唱えた本居宣長が、無常という概念を知らなかったはずはないだろう。また評論家の小林秀雄が日本の美を高らかに喧伝したのも、理由の無いことではないだろう。日本はやはり、非常に美しいのである。

我道

そこで、我道へと辿り着く。我道とは自分が切り開いて行く自分の道である。

形のかたち

ユーモア性を重要視して、すこし幾何学的な構成をしてみた。読んで楽しんでいただきたい詩である。

締〈しめ〉

何事も"終わり"というものがあり、また始まるものがある。この詩によって本詩集の締めとはなるが、また新たなる始まりを模索したいとの思いを、日々感じている。

あとがき

　定めし、詩というものは、いっかな満足というものがなくて、想像し得る限りの想像力を駆使して、眩いばかりの世界を構築せねばならない、ある意味では究極の文芸であると、私は勝手に思っているのだが、世間一般の詩に対する気持ちというものは、残念ながら私には知り尽くしかねる。したがって詩という存在というものは、個人個人のこころの深部に渦巻いているものの〈形〉であると、私はそう思っている。その〈形〉の最たるものは、あろうことか"恋"への憧れである。ここでわざわざ「あろうことか」と書いたのには、きちんとした理由がある。それは私自身、この"恋"というものが最大級かつ最高級の精神状態であるとは思っていないのである。だからこそ、と言ってもいいかも知れないが、"恋"という不可思議な精神現象を理解したいという思いに駆られるのである。

　このような精神状態は、果たして卑屈であろうか。私はそうは思わない。何故ならば、詩というものはひとつの"憧れ"なくしては描き得ないものだからである。"恋"というテーマに沿って展開される、非常に繊細な詩的創造には、何がしかの〈形〉が顕れるものだと信じる。

　愛が、一種の形而上学として定義される存在だとしたならば、恋は、ある種の美徳なのではないだろうかと思う。即ち、恋における審美性とは要するに、恋という"憧れ"あって始めて成立するというような性質を持っているのではないだろうか。それが詩という〈形〉であってほしいという願いは、私にとって永遠の課題なのである。恋とは美徳であると私は書いたが、もちろんそれはいわゆる、愛におけるような形而上学的な要素も持ち合わせてはいるはずだが、しかしそうではなくて、もっと自然なる恋というものがあってもいいのではないだろうか。例えるなら高村光太郎とその妻、智恵子におけるような、純粋無垢な恋というものが、人間にとって必要なのではあるまいかと思う。

　さて、私事で恐縮であるが、本書『綴る恋』は、処女詩集『時空と生成』から数えて 5 年目という節目にあたり出版される詩集であって、数えると私の 6 冊目の詩集（第 6 詩集）ということになる。『時空と生成』を出版した頃には、まさかこんなに出版させていただけるとは思いもよらず、無我夢中で執筆していたのである。2013 年には、詩創作 20 周年記念作品集『回想するということ－時の謎解き－』を出版させていただき、感慨深い思いをしたものであるが、その矢先に、デビュー5 周年記念にと、新たなる詩集を出版する運びとなり、本書『綴

る恋』が成立したのである。これこそまさに、喜びも一入と言ったところだろうか。

　矢継ぎ早に物申して恐縮ではあったが、さりとて筆者には、恋を詩という形で綴ることしか叶わぬから、ここにこうしてひとつの構想を、詩集『綴る恋』として提示するということなのである。そのような想いを共有していただける方がもし居られたならば、筆者として、これに勝る喜びはない。

　　　　　　　　　　　　　　自宅の書斎にて　　　菊地道夫

All Poems and Photograph:菊地道夫

Projected by Kikuchi Michio World

菊地道夫（きくちみちお）

1980 年、埼玉県に生まれる。
慶應義塾大学中退後、放送大学大学院にて哲学、数学などを学ぶ。 2010年、詩集『時空
と生成』でデビュー。2011年、第3詩集『隠れ躑躅の場所－ランドスケープの狭間で－』を、続
く2012年、第4 詩集『愛すべき風景－宇宙における自然の位置－』を出版する。
2013年には詩創作20周年を記念して、現代詩「愛ふたたび」を発表、同年、詩創作20周年
記念作品集『回想するということ－時の謎解き－』を出版する。
2014年、武蔵野美術大学造形学部入学、日本造形史を中心に研究。
現在、日本図書館協会会員。

詩集　綴る恋

2015年1月1日　　初版発行

著者　**菊地道夫**

定価(本体価格1,450円＋税)

発行所　　株式会社　三恵社
〒462-0056 愛知県名古屋市北区中丸町2-24-1
TEL 052 (915) 5211
FAX 052 (915) 5019
URL http://www.sankeisha.com

乱丁・落丁の場合はお取替えいたします。　　　　　　　　　　　　　©2014 Michio Kikuchi
ISBN978-4-86487-296-6 C0092 ¥1450E